Mr. Sugar Came to Town
La visita del Sr. Azúcar

Adapted by / Adaptado por
HARRIET ROHMER & CRUZ GOMEZ
from a puppet play by / de una obra para titeres por
CRUZ GOMEZ, BÁRBARA GARCIA, JESUS GAYTAN & JEFF STEINHARDT
Illustrations by / Ilustraciones por
ENRIQUE CHAGOYA
Version in Spanish / Versión en español
ROSALMA ZUBIZARRETA

CHILDREN'S BOOK PRESS · SAN FRANCISCO, CALIFORNIA

Spanish language consultant: Dr. Alma Flor Ada
Typesetting: Another Point
Photography: Lee Fatheree
Printed in Hong Kong through Marwin Productions.

Distributed to the book trade by Publishers Group West

Quantity discounts are available through the publisher
for educational and nonprofit use.

Library of Congress Cataloging-in-Publication Data

Rohmer, Harriet.
   Mr. Sugar came to town = La visita del señor Azúcar / adapted by Harriet Rohmer & Cruz Gómez from a puppet play by Cruz Gómez . . . [et al.]; illustrations by Enrique Chagoya; version in Spanish, Rosalma Zubizarreta & Alma Flor Ada.
   English and Spanish.
   Summary: Mr. Sugar uses his truck of sweet goodies to lure Alicia and Alfredo away from nutritious foods, but Grandma Lupe is not fooled by him.
   ISBN 0-89239-141-3
   [1. Nutrition—Fiction. 2. Food habits—Fiction. 3. Spanish language materials—Bilingual.] I. Gómez, Cruz. II. Chagoya, Enrique, ill. III. Title. IV. Title: Visita del señor Azúcar. PZ73.R634 1989
[Fic]—dc19 88-38781 CIP AC

For the farmworkers and their families
Para los trabajadores del campo y sus familias

Grandma Lupe made the best tamales in the neighborhood. They were delicious. Everyone loved them, especially the children, Alicia and Alfredo.

Note: Tamales are a Mexican-American delicacy of minced meat and red peppers wrapped in a corn husk.

La abuelita Lupe hacía los mejores tamales de la vecindad. Eran deliciosos. A todos les gustaban, especialmente a los niños, Alicia y Alfredo.

One warm spring evening, just as Grandma Lupe was serving her delicious tamales, the children heard an unusual sound. It was a magical tinkling sound.

"What's that?" cried Alfredo.

"Let's go see!" answered Alicia.

They jumped up and ran out the door before Grandma Lupe could stop them.

Una tarde cálida de primavera, justo cuando la abuelita Lupe estaba sirviendo sus deliciosos tamales, los niños oyeron un sonido raro. Era un cascabeleo mágico.

—¿Qué será? —preguntó Alfredo.

—¡Vamos a ver! —le contestó Alicia.

Dieron un brinco y salieron corriendo antes que la abuelita Lupe los pudiera detener.

The strangest truck they had ever seen was parked in front of their house. It looked like a candy store, a bakery, a soda fountain, and a donut factory.

"Hello, my little sweeties," said Mr. Sugar. He was the driver of the truck. "Would you like to try a tasty goody?"

The children stared with big eyes. "You mean we can have anything we want?"

El camión más raro que jamás habían visto estaba estacionado en frente de la casa. Parecía una tienda de caramelos, una panadería, una heladería y una fábrica de rosquillas.

—Bienvenidos, mis dulces niños —dijo el Sr. Azúcar. Era el chofer del camión—. ¿Quisieran probar un dulce rico?

Los niños abrieron grandes ojos. —¿Quiere decir que podemos tener cualquier cosa que querramos?

9

"Certainly, my little sugar pies," said Mr. Sugar.

"But everything looks so good. We don't know what to try first."

Mr. Sugar smiled. He had beautiful white teeth.

"How about a double chocolate sundae? And a raspberry cream pie? And a giant moca fola? And let's not forget seven fudge bars for dessert!"

—Claro que sí, terroncitos de azúcar —dijo el Sr. Azúcar.

—Pero todo se ve tán rico. No sabemos qué probar primero.

El Sr. Azúcar sonrió. Tenía unos bellos dientes blancos.

—¿Qué les parece una copa doble de chocolate? ¿Y un pastel de crema de frambuesas? ¿Y una gigante moca fola? ¡Y no nos olvidemos de siete barras de crema de chocolate de postre!

The children stuffed themselves. They felt a little sick afterwards, but they could hardly wait for Mr. Sugar to come again.

Los niños se atiborraron. Se sintieron bastante mal después, pero de todos modos esperaban ansiosamente que volviera el Sr. Azúcar otra vez.

13

The next morning, at the sound of the tinkling bell, Alicia and Alfredo were first in line at Mr. Sugar's truck. They were first in line in the afternoon, too.

From that day on, they were always first in line at the magical sugar truck.

A la mañana siguiente, al oír el sonido de las campanitas, Alicia y Alfredo fueron los primeros en hacer cola frente del camión del Sr. Azúcar. Fueron los primeros en la cola de la tarde, también.

Desde ese día en adelante, siempre eran los primeros en la cola en frente del camión mágico del azúcar.

The children stopped eating their meals. They said they weren't hungry. They even fed their delicious tamales to the dog when Grandma Lupe wasn't looking.

Soon, strange things began to happen to them.

Los niños dejaron de comer sus comidas. Decían que no tenían hambre. Hasta le daban sus deliciosos tamales al perro a espaldas de la abuelita Lupe.

Pronto empezaron a ocurrirles a los niños cosas muy extrañas.

First, they got so fat they couldn't see their feet. Then, they found black holes in their teeth. But that wasn't all.

In the mornings, after they ate at Mr. Sugar's truck, they had so much energy, they ran backwards to school, climbed up on the roof and pretended they were helicopters.

They got into trouble.

Primero, engordaron tanto que no podían mirarse los pies. Luego, comenzaron a encontrarse agujeros negros en los dientes. Pero eso no era todo.

En las mañanas, después de comer del camión del Sr. Azúcar, tenían tanta energía que corrían de espaldas a la escuela, se trepaban al techo, y pretendían que eran helicópteros.

Se metieron en problemas.

A little while later, all their energy was gone. They fell asleep at their desks.

They got into trouble again.

Un poquito más tarde, toda su energía se les había acabado. Se quedaban dormidos en los pupitres.

Volvieron a meterse en problemas.

"Foolish children," scolded Grandma Lupe. "All that sugar is bad for you."

"But Grandma," they cried. "We love Mr. Sugar!"

Grandma Lupe frowned.

"That may be true, children," she said. "But Mr. Sugar doesn't love you."

"What do you mean, Grandma?"

"You will see, my foolish little children. You will see."

—Niños necios —les regañó la abuelita Lupe—. Tanto azúcar les hace daño.

—¡Pero abuelita! —exclamaron los niños—. ¡Nosotros queremos al Sr. Azúcar!

La abuelita Lupe frunció el ceño.

—Puede que sea así, niños —dijo—. Pero el Sr. Azúcar no los quiere a ustedes.

—¿Qué quieres decir, abuelita?

—Ya verán, mis niñitos tontos. Ya verán.

That afternoon when the magical sugar bell rang, Grandma Lupe marched out to the truck. The children moved out of her way. They wondered what was going to happen.

"Welcome, Grandma Lupe," said Mr. Sugar. "I knew you couldn't resist my tasty goodies."

"Good afternoon, Mr. Sugar. I'm here for a closer look," said Grandma Lupe.

"Certainly, sweet Granny. Step right up here. I've been saving this heavenly cream puff just for you."

Esa tarde, cuando sonó la campana mágica del azúcar, la abuelita Lupe camino decidida hacia el camión. Los niños le abrieron paso. Se preguntaban qué iba a pasar.

—Bienvenida, abuelita Lupe —dijo el Sr. Azúcar—. Sabía que no podría resistir mis sabrosos dulces.

—Buenas tardes, Sr. Azúcar. He venido a verlos de cerca —dijo la abuelita Lupe.

—Cómo no, dulce abuelita. Acérquese nomás. He estado guardándole este delicioso pastel de crema justo para usted.

 Grandma Lupe took a step forward. She looked
Mr. Sugar in the eye. Then she grabbed his nose
and started pulling.

"Don't do that!" he cried.

But Grandma Lupe kept on pulling with all
her strength. At last, Mr. Sugar's face came off in
her hands. It was only a mask.

 La abuelita dió un paso hacia adelante. Miró a los ojos del Sr. Azúcar. Luego agarró su nariz y comenzó a tirar de ella.

—¡No haga eso! —gritó él.

Pero la abuelita Lupe siguió tirando con toda su fuerza. Por fin, se quedó con la cara del Sr. Azúcar en las manos. Era sólamente una máscara.

The children gasped. The real Mr. Sugar was ugly. His friendly smile was gone. He had no teeth at all! They looked at the food on his truck. It was as ugly as Mr. Sugar.

"Look what you've done, Grandma Lupe!" cried Mr. Sugar. "You spoiled my plan!" He jumped in his truck and drove away in a cloud of sugar smoke.

Los niños se quedaron boquiabiertos de asombro. El verdadero Sr. Azúcar era muy feo. Su sonrisa cariñosa había desaparecido. ¡No tenía ni un diente! Miraron a la comida de su camión. Era tan fea como el Sr. Azúcar.

—¡Mira lo que hizo, abuela Lupe! —gritó el Sr. Azúcar—. ¡Arruinó mi plan! De un brinco entró a su camión y se fue, dejando atrás una nube de azúcar.

Mr. Sugar disappeared and everyone was happy.

That night the family celebrated with a great feast. They ate rice and beans, chiles and meat, fruits and vegetables from the garden.

Best of all, they ate Grandma Lupe's delicious tamales.

El Sr. Azúcar desapareció y todos estaban felices.

Esa noche la familia celebró con una gran cena. Comieron arroz y frijoles, chiles y carne, frutas y vegetales del jardín.

Y lo más rico de todo fueron los tamales deliciosos de la abuelita Lupe.

"What do I care if those kids don't want me? Lots of people still love my sugar. You know what? Maybe I'll come to your town!"

—¿Qué me importa si esos niños no me quieren? Hay mucha gente todavía a quien le gusta el azúcar. ¿Sabes qué? ¡A lo mejor vendré a tu pueblo!

About the Story

Puppet shows have often been used both to entertain and to communicate important information. *Mr. Sugar Came to Town* is adapted from a puppet show produced by the Food and Nutrition Program of the Watsonville, California Rural Health Clinic as part of its outreach program to farmworkers and their families. The puppet show was performed in the migrant labor camps of Watsonville, California.

Artist Enrique Chagoya grew up in Mexico and is now living in Oakland, California. He is the curator of the Galeria de la Raza in San Francisco. The son of a prominent Mexican painter, he is known for his humorous and satirical portrayals of contemporary life. In this, his first picture book for young people, he worked in multicolored pencil and pastel on bristol.